LE CYCLONE
MARILYN

Données de catalogage avant publication (Canada)

Pineau, Gisèle
    Le Cyclone Marilyn
    (Collection Plus)
    Pour les jeunes de 9 à 12 ans.
    ISBN 2-89428-302-4
    I. Titre.
PZ23.P559Cy 1998   j843'.914   C98-940633-4

L'éditeur a tenu à respecter les particularités linguistiques des auteurs qui viennent de toutes les régions de la francophonie. Cette variété constitue une grande richesse pour la collection.

Directrice de collection : **Françoise Ligier**
Maquette de la couverture : **Marie-France Leroux**
Composition et mise en page : **Lucie Coulombe**

Les Éditions Hurtubise HMH remercient le Conseil des Arts du Canada de l'aide apportée à son programme d'édition et remercient également la SODEC pour son appui.

© Copyright 1998
Éditions Hurtubise HMH ltée
1815, avenue De Lorimier
Montréal (Québec)
H2K 3W6 CANADA
Téléphone : (514) 523-1523

ISBN 2-89428-302-4

Dépôt légal/3ᵉ trimestre 1998
Bibliothèque nationale du Québec
Bibliothèque nationale du Canada

Diffusion France : L'Élan Vert, 75005 Paris
Dépôt légal : août 1998, Bibliothèque nationale
ISBN 2-84455-035-5

Loi nᵒ 49-956 du 16 juillet 1949 sur les publications destinées à la jeunesse.

Imprimé au Canada

LE CYCLONE MARILYN

Gisèle Pineau

Illustré par
Béatrice Favereau

Collection Plus
dirigée par Françoise Ligier

Gisèle PINEAU a écrit plusieurs romans et nouvelles. *La Grande Drive des Esprits* (Éd. Le Serpent à plumes) a été traduit en 5 langues et *Un papillon dans la cité* (Éd. Sépia) a eu beaucoup de succès auprès des jeunes lecteurs. Elle dit d'elle-même :

Je suis une Guadeloupéenne née à Paris. J'ai vécu auprès d'une grand-mère qui racontait des histoires et d'une manman qui adorait les livres. J'ai commencé à écrire à l'âge de 7 ans. J'ai toujours aimé les mots, leur magie, les histoires enfermées dans les livres, les personnages qui avaient le pouvoir de sortir des pages, d'entre les mots. J'ai voulu à mon tour raconter, inventer, créer : aventures, émotions, paysages, héros, formes, couleurs, destins…
J'aime la Guadeloupe et mes personnages évoluent souvent sur mon île, entre cyclones et tambours.

Béatrice FAVEREAU a étudié à l'école des Beaux-Arts, à Paris. Elle a travaillé d'abord comme infographe : elle réalisait des ouvertures d'émissions télévisées, des animations par ordinateur ou des effets spéciaux pour des films. Mais ce qu'elle aime surtout, c'est dessiner et peindre. Et devant son petit écran, pendant de longues heures, de jour et de nuit, elle ne dessinait plus du tout, et ne savait même plus la couleur du ciel ! Alors elle a abandonné les machines et repris son crayon et ses pinceaux… pour notre plus grand plaisir ! Ses beaux cadrages, ses personnages haut en couleur, son trait plein de vitalité mettent en valeur l'histoire du *Cyclone Marilyn*, mais aussi de *L'Araignée souriante*, dans la même collection.

1

Marilyn et Harisson

Moi, je m'appelle Marilyn. Ce matin, quand ma manman a entendu qu'un cyclone du nom de Marilyn venait tout droit sur la Guadeloupe, elle a mis ses deux mains sur la tête et elle a crié :

— Quoi ! Un cyclone ! Un cyclone nommé Marilyn ! Seigneur ! Épargnez-moi !

Je me suis alors faite toute petite dans un coin de la case et j'ai vu disparaître comme il était venu le sourire de manman. J'en ai voulu à Harisson, mon petit frère

d'avoir allumé la radio, d'avoir fait peur au beau sourire de manman.

Harisson a six ans. C'est mon petit frère chéri même s'il est toujours en train de poser des questions énervantes ou de faire des petites choses qui déclenchent des catastrophes.

Ma manman s'appelle Cécilia. Elle nous a donné des noms anglais à tous les deux parce qu'elle aime bien regarder les séries américaines à la télévision. Elle dit parfois qu'elle-même aurait aimé être Américaine, vivre dans une grande maison garnie de meubles cirés, de tableaux chics et de plantes. Elle rêve aussi de porter de beaux vêtements comme ces dames américaines qui ont toujours l'air de parader à la télévision. Manman aimerait cette vie-là de femme toujours bien coiffée et maquillée du lever au coucher du soleil.

— Elles sont même pas chiffonnées, dit manman en les regardant avec admiration

s'étirer comme des chats dans leurs draps de satin.

Ma manman a dit à mon papa, qui s'appelle Jacques, d'écrire Jack parce que ça fait plus américain. Mon papa s'en moque.

Comme il veut faire plaisir à ma manman, il a fait écrire Jack sur la pochette de son unique disque. Mon papa est musicien. Il joue tard le soir et part souvent en tournée.

Ma manman n'aime pas sa vie en Guadeloupe. Elle le répète chaque matin.

— J'aime pas cette vie-là que je mène. J'aime pas cette vie-là que je mène. J'aime pas cette vie-là que je mène… Je suis tout le temps seule à m'occuper de tout !

Ma grand-mère, Man Didi, qui vit avec nous, secoue la tête et sourit doucement.

Parfois, manman dit qu'elle ne sait pas pourquoi on est là, Harisson et moi. Toujours à traîner dans ses pieds. Toujours à attendre de manger. Toujours à pleurer, crier ou se battre. Toujours à grandir! grandir! grandir! pour lui faire dépenser — l'argent qu'elle n'a pas — en souliers, robes et pantalons.

Manman aurait voulu vivre à la mode américaine. Et moi, je voudrais bien l'aider à réaliser son rêve si je pouvais. Pour ne plus voir son visage désolé quand elle nous parle. Pour ne plus l'entendre crier après nous. Et puis pour la voir rire et sourire un peu.

Quand elle touche sa paye, au début du mois, manman passe une journée à faire des additions et des multiplications et un tas de soustractions sous le regard fixe de Man Didi. Manman répète chaque fois qu'elle ira demander une augmentation à son patron le lendemain, à la première heure, parce qu'elle ne peut pas joindre les deux bouts avec si peu de sous. Surtout que papa ne ramène pas beaucoup d'argent avec sa musique. Elle se lamente :

— Cinq bouches à nourrir ! et les pieds, les jambes et les bras des enfants qui n'en finissent pas de grandir !

En fait, elle n'aime voir grandir qu'une chose, c'est notre maison. Il y a toujours un tas de sable et un tas de gravier derrière la cuisine. Quand elle a économisé assez d'argent, manman embauche des maçons. Depuis au moins cinq ans, je vois des murs s'élever autour de la petite case en bois où manman vivait déjà avec ma grand-mère

Man Didi, bien avant ma naissance. Ces murs promettent des chambres. Des chambres neuves autour d'une vieille case en bois qui ressemble un peu à Man Didi.

La case se tient de travers. Et parfois ses planches craquent, comme les petits os de Man Didi.

— Un jour cette case disparaîtra, dit manman. On remplacera tout le vieux bois par des parpaings. Vous aurez bientôt chacun votre chambre et Man Didi aussi! Un peu de patience!

Lorsqu'elle parle d'agrandissement, les deux yeux de manman se mettent à briller et elle s'imagine dans dix ans, en train de vivre dans un genre de château à la mode américaine.

— Dans dix ans, j'aurai fini d'agrandir cette maison. Tout ce qu'il faut, c'est un peu de patience. Encore dix ans!

Le premier samedi du mois, manman nous emmène voir un film américain. On attend que Man Didi soit endormie et on part au Plaza Cinéma qui est juste à deux rues de chez nous. Quand on revient, on trouve Man Didi exactement à la même place, dans son lit.

Man Didi a perdu la parole il y a de cela sept ans. Elle était dans son jardin en train d'arracher des mauvaises herbes quand, tout à coup, elle est tombée en se tenant le cou. C'était une attaque. Maintenant, assise toute la journée dans son fauteuil-relax, elle se contente de secouer la tête, de parler avec les yeux et de sourire doucement.

La pauvre Man Didi ne vient jamais au cinéma avec nous. Quant à papa, il n'aime pas ça du tout. Mon papa n'aime que la musique. Il joue du tambour-ka, de la flûte et de la guitare. C'est vrai, il aime beaucoup la musique… Mais il nous aime aussi, même si manman dit qu'il préfère sa musique.

— Il est tout le temps parti en tournée avec son groupe, pour ramener quoi? deux, trois sous! répète ma mère.

Dès qu'elle est bien enfoncée dans le fauteuil du Plaza, manman pousse un soupir d'aise. Si je la regarde, sans en avoir l'air, je vois un sourire de grande satisfaction bien dessiné sur son visage. Alors, je relâche mes épaules et je me dis : « Enfin ! Cécilia est contente… »

2

Bon anniversaire, Marilyn !

Manman m'a donné mon cadeau et m'a souhaité un bon anniversaire, juste avant que la radio annonce l'arrivée prochaine du cyclone Marilyn. C'était ce matin, très tôt.

— Marilyn ! Debout ma grande ! Tu as douze ans aujourd'hui, et ta manman ne t'a pas oubliée. Bon anniversaire, Marilyn !

J'ai ouvert des yeux ronds. Elle souriait de son sourire réservé aux films américains, le sourire du contentement parfait. Alors, je me suis sentie d'un coup très grande sur

mes jambes et dans ma tête. Et ma manman me souriait en me tendant un petit
paquet bien enrubanné. Évidemment, j'ai
regretté l'absence de papa, qui était parti
en tournée au Sénégal, avec son groupe
Gwadloup-Ka.

Douze ans ! ça fait beaucoup de souliers
usés, beaucoup de repas avalés, beaucoup
de pensées et de…

— Douze ans! tu as maintenant douze ans, Marilyn! J'espère que tu comprends que tu n'es plus un bébé! Faut plus me faire crier! Et faut bien travailler à l'école pour faire plaisir à ta manman et à ton papa, hein? pour faire plaisir à Man Didi qui voit et comprend tout, même si elle ne peut pas parler!

— Oh! oui, manman!

— Douze ans! quand j'avais ton âge, je faisais déjà à manger dans la case de ma manman! Je m'occupais de mes trois frères, toute seule. Je faisais toutes les courses parce que j'étais l'aînée. Tu sais que Man Didi travaillait dur chez Monsieur de Fleurville. Elle n'avait pas beaucoup de temps pour nous. Bon, voilà! tu as douze ans à ton tour et je compte sur toi!

— Oh! oui, manman!

Dans les yeux de manman, je devinais qu'elle me regardait différemment. Elle était fière, heureuse et étonnée d'avoir pu m'amener jusqu'à douze ans. C'était pour elle une sorte de victoire.

C'était un beau jour qui commençait. Il y avait beaucoup de soleil dans les mornes. Derrière chez nous, les cases aux toits de tôle rouge semblaient comme neuves.

Durant la nuit, le vent avait soufflé un peu plus fort que d'habitude et l'arbre à pain avait perdu un grand nombre de ses feuilles. Ça faisait un drôle de tapis jaune et vert dans la cour.

À ce moment-là, j'ai pensé à changer ur de bon, devenir vraiment la fille dont ait tous les jours manman. Une fille qui mprend les regards et devine les choses ant même qu'elles n'existent. J'aurais ulu voir tous les jours le sourire améri- in de manman. Et ne plus entendre ses

J'ai dit merci à manm[...]
et à l'arbre à pain. J'ai [...]
autour de mon poignet; [...]
verte et bleue avec un bra[...]
embrassé manman de tou[...]
donné deux gros baisers [...]
souriait doucement. J'étais [...]
ou non! plutôt un de ces fi[...]
où manman tenait le pren[...]
manquait que papa Jack.

po[...]
rêv[...]
co[...]
av[...]
vo[...]
ca[...]

cris : «Marilyn ! je t'ai déjà dit cent fois de ne pas faire ci et ça ! et patati et patata !… Marilyn ! tu me rends folle ! Tu fais exprès de ne rien comprendre ! J'en ai assez de la vie que je mène ici ! Assez de la musique de ton papa ! Assez de tout ! »

J'aurais voulu qu'elle soit fière de moi.

J'étais en train d'admirer ma montre lorsque Harisson a tourné le bouton de la

radio. La terrible nouvelle est tombée d'un coup, cassant net le sourire de manman et tous mes rêves de perfection et de bonheur américain. C'est comme s'il avait donné au cyclone le signal du départ.

— Quoi ? Un cyclone ! Un cyclone nommé Marilyn ! Seigneur ! Épargnez-moi ! Comment je vais faire toute seule ! Et Jack qui n'est pas là ! Protégez-moi, Seigneur !

3

Les préparatifs

 **Harisson et moi, on ne savait plus quoi faire. Et manman, qui avait** très peur, n'arrêtait pas de pleurer et de crier :

— J'en ai assez de ces cyclones ! Et puis, j'en ai assez de la vie que je mène ! J'arrête pas de me débattre ! Et votre papa qui n'est jamais là. Toutes ces tôles neuves vont s'envoler, c'est sûr ! J'étais si près de finir l'agrandissement, si près…

Manman a cessé de pleurer et crier seulement quand elle a vu la peur dans les

yeux de Man Didi. Une très très grande peur qui la faisait trembler des pieds à la tête. Manman s'est alors calmée d'un coup, comme si elle avait été saisie par une douche froide. Elle nous a fixés un moment avec une terrible intensité. Dans son coin, Man Didi ne souriait plus. Tremblante, les jambes repliées sous elle, Man Didi ressemblait à la petite figurine en porcelaine qui ornait le bureau de ma maîtresse, à l'école. Nous, les élèves, avions toujours peur de la faire tomber par inadvertance. Peur d'être obligés de la ramasser, éparpillée en mille morceaux. Peur de voir la tristesse sur le visage de la maîtresse.

C'était la première fois que nous allions combattre un cyclone, sans papa. J'ai regardé Harisson droit dans les yeux et je lui ai dit tout bas :

— Harisson ! j'ai douze ans aujourd'hui ! Douze ans ! tu entends ? Et si les cyclones veulent s'attaquer à nous et partir

avec les tôles que manman vient de faire clouer sur l'agrandissement, c'est pas juste. C'est mon anniversaire aujourd'hui !

— Le cyclone, pourquoi il s'appelle Marilyn comme toi ? a demandé Harisson.

— J'en sais rien. Ce sont les Américains qui baptisent les cyclones. Ils leur donnent les noms qui leur passent par la tête.

— Les Américains, ils savaient que c'était ton anniversaire aujourd'hui, Marilyn ?

— Mais non, idiot, c'est rien qu'une coïncidence !

— Pourquoi tu m'appelles idiot ?

— Oh pardon, Harisson !

J'étais tellement énervée que mes mains tremblaient. Douze ans, j'avais douze ans et un cyclone nommé Marilyn faisait route vers la Guadeloupe.

« Tu as douze ans ! répétait une petite voix dans ma tête. Est-ce que tu vas aider la manman ? Il faut la secouer ! Il faut vite demander à des gens de porter des sacs emplis de sable sur les tôles du toit pour qu'elles ne s'envolent pas. Il faut clouer des planches devant les portes et les fenêtres. Il faut trouver des seaux. Il faut vite aller acheter du pain, des boîtes de conserve et des allumettes. »

Il faut, il faut, il faut! Ma tête était pleine de «Il faut!» Alors, d'une voix posée, j'ai dit à manman :

— On va t'aider, on va faire comme d'habitude. Faut pas t'inquiéter : les tôles ne vont pas s'envoler!

Manman avait une voix de petite fille :

— Tu crois, Marilyn? Tu crois que ça ira sans papa?

— Mais oui! Occupe-toi de Man Didi!

J'avais douze ans et je me sentais d'un coup très très très grande. J'étais prête à me

tenir éveillée toute la nuit pour empêcher le cyclone Marilyn de ruiner les beaux rêves de manman. Toutes les autres fois où un cyclone s'était jeté sur l'île, papa avait été là pour nous défendre. Tandis que nous dormions, il avait lutté seul, la nuit durant, consolidant les portes, clouant et attachant les fenêtres. Il ne demandait même pas un petit coup de main à manman.

Moi, je savais qu'il fallait craindre les cyclones, mais surtout ne jamais leur montrer sa peur. Il fallait se préparer et attendre dans le plus grand calme. Attendre qu'il passe au-dessus de nos têtes. Et ne jamais s'endormir. Toujours guetter du coin de l'œil les points faibles de la case. Et se tenir prêt à clouer, attacher et consolider. Tous les reportages à la télévision montraient les mêmes gestes d'urgence, les mêmes précautions à prendre.

J'avais douze ans à présent. Douze ans! C'était le plus beau jour de ma vie.

Harisson a été un parfait bras droit, un homme de confiance. Manman, j'ai dû la secouer pour qu'elle s'active un peu. Elle n'arrêtait pas de gémir et de dire que papa aurait dû être là avec nous, au lieu de gratter sa guitare et frapper son tambour en Afrique. Même si elle était un peu désorientée, elle nous a bien aidés. Nous avons passé la journée à nous préparer aux grands vents et aux fortes pluies. Je

commandais tout le monde et même manman m'obéissait.

Il faut ! Il faut ! Il faut ! Porter les sacs de sable sur le toit. Courir jusqu'à la boutique faire des provisions de bougies, farine, bouteilles d'eau minérale et morue. Attacher les poutres de la vieille case. Poser et clouer des barres aux portes et aux fenêtres.

Heureusement, je m'étais souvenue que papa rangeait les clous et le marteau dans l'ancienne cuisine de Man Didi. Une

vieille case en bois où manman ne mettait jamais les pieds, parce que ça ne ressemblait pas du tout à ses rêves américains. Je suis allée les chercher sous une petite pluie fine qui brûlait la peau. Le ciel était déjà très sombre.

À la fin de l'après-midi, on était affamés, mais en sécurité, barricadés dans la maison. Manman n'en croyait pas ses yeux. Et elle n'arrêtait pas de répéter :

— C'est grâce à toi Marilyn ! C'est grâce à toi ! On est prêts. On n'a plus qu'à attendre, en espérant que les vents ne soient pas trop méchants. Oh ! je suis fière de toi, Marilyn ! Je suis vraiment fière de toi ! Si ton papa était là, il aurait dit la même chose !

Man Didi suivait des yeux nos moindres faits et gestes, nous encourageant du regard, hochant la tête de temps à autre aux paroles de manman.

J'avais douze ans! et je me sentais pleine de ces douze années, toute gonflée de vie et débordante d'idées. Dehors, le vent et la pluie commençaient à secouer les arbres. Les pauvres branches perdaient déjà leurs feuilles. J'ai pensé aux oiseaux qui n'avaient pas de maison où se cacher. J'ai pensé à toutes les vieilles grand-mères seules et abandonnées qui n'avaient plus de famille et vivaient dans des cases centenaires.

Le plus beau jour

Le vent s'est déchaîné d'un coup, soufflant si fort, portant des coups si violents au toit que la case s'est mise à craquer bizarrement, comme si elle allait se briser d'une minute à l'autre. Les tôles grinçaient d'une manière terrible. Nous étions terrorisés. C'était la première fois que je voyais pleurer Man Didi. Oh! pas de grosses larmes. Juste des petites gouttes sur ses joues.

— Pourquoi elle pleure, Man Didi? Et qu'est-ce qu'elle regarde comme ça? me demande Harisson.

Nous savions tous que la vieille case était déjà très fatiguée. Elle avait subi tant de cyclones qu'on pensait tous secrètement qu'elle ne résisterait pas au cyclone Marilyn. Par les fentes et les petits trous des planches, l'eau s'infiltrait déjà partout dans la case. Une eau boueuse avec des bouts de feuilles écrasées et déchiquetées.

Un coin de tôle s'était soulevé. Un bout de ciel noir apparaissait déjà. Manman s'est mise à crier :

— Nous sommes perdus ! C'est la fin ! Mon Dieu, c'est la fin !

Cela faisait déjà cinq heures que nous luttions contre les vents, contre l'eau boueuse qui entrait partout, contre la peur aussi. Nous étions épuisés, trempés de la tête aux pieds. Et dehors, le cyclone n'en finissait pas de souffler et de cogner.

— Des bassines, des seaux ! Vite Harisson ! Vite !

— J'ai peur, Marilyn ! Qu'est-ce que tu vas faire ? Y a de l'eau partout !

Harisson s'était mis à pleurer.

— Vite ! Apporte-moi des seaux et des serpillières ! Et arrête de poser des questions ! je te jure qu'on s'en sortira. Arrête de pleurer, Harisson !

Au-dessus de nos têtes, le ciel noir déversait des trombes d'eau. J'avais

l'impression d'être en pleine mer, sur un bateau en train de couler à pic. J'étais le capitaine à bord et je devais tout faire pour sauver mon équipage.

Tout à coup, une petite fenêtre s'est ouverte avec violence, arrachée. Des branchages déchiquetés sont entrés avec la pluie.

— Mon Dieu ! Il faut qu'on sorte de la maison, Marilyn ! s'est écriée manman.

— Non, c'est encore pire dehors ! On ne peut aller nulle part. Et Man Didi ? Qu'est-ce que tu fais de Man Didi ? On pourra pas la transporter. J'ai des planches là. On va les clouer devant la fenêtre. Il faut que tu m'aides, manman. Pour la tôle, c'est juste un coin qui est soulevé. Il y a des gros sacs de sable sur le toit ! La tôle ne bougera plus.

— Tu es sûre, Marilyn ? Tu es bien sûre ?

Nous avons cloué les planches devant la fenêtre. Puis, nous avons continué à vider les seaux d'eau jusqu'au petit matin, en surveillant d'un œil le coin de tôle qui laissait voir un ciel complètement lavé par les pluies torrentielles du cyclone. Harisson et Man Didi s'étaient endormis l'un à côté de l'autre.

Quand les vents et les pluies ont vraiment commencé à diminuer, nous nous sommes assises l'une à côté de l'autre sur le plancher. La bataille était finie. Nous avions sauvé Man Didi et Harisson. J'avais douze ans et c'était le plus beau jour de ma vie ! Mon plus bel anniversaire.

— Tu as été vaillante, Marilyn, m'a dit papa quelques jours plus tard. Ta manman

m'a tout raconté.

— J'ai douze ans, papa, tu sais.

Il a regardé manman et il a hoché la tête. Alors, il s'est mis à battre sur son tambour et à chanter de sa belle voix *La nuit du cyclone* Marilyn. C'est une très belle chanson qu'on entend maintenant tous les jours à la radio.

Papa a vendu des disques par milliers. Et il a pu aider manman à finir l'agrandissement de la case. Et je n'ai plus jamais vu pleurer Man Didi. Quand je rentre de l'école avec Harisson, elle nous attend, assise dans son fauteuil-relax. Ses yeux nous parlent et elle sourit doucement.

Table des matières

LE PLUS DE
Plus

Réalisation :
Delphine Maury

Une idée de
Jean-Bernard Jobin
et Alfred Ouellet

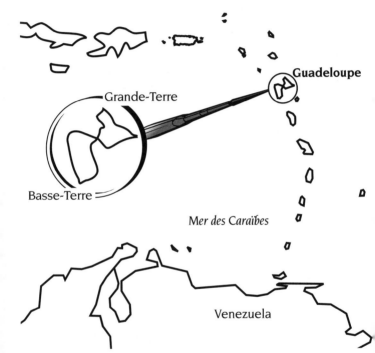

Floride

océan Atlantique

Grande-Terre

Guadeloupe

Basse-Terre

Mer des Caraïbes

Venezuela

Avant la lecture

La Guadeloupe

La Guadeloupe est un archipel formé de deux grandes îles, **Grande-Terre** et **Basse-Terre**, et de beaucoup d'autres petites îles. La Guadeloupe est située entre **la mer des Caraïbes** et **l'océan Atlantique**, au milieu d'un chapelet d'îles en forme d'arc, appelées les Antilles et allant de la **Floride** (États-Unis) jusqu'au **Venezuela**.

Le climat y est tropical, ce qui signifie qu'il y fait chaud toute l'année et qu'il n'y a que deux saisons : un été chaud et pluvieux et un hiver doux où il fait environ 28 °C. Ce climat et la situation de l'île sont très propices aux cyclones qui se forment au large de l'Atlantique et viennent ravager les îles.

Le nom des cyclones

Les météorologues ont décidé de donner des prénoms humains aux cyclones pour les différencier les uns des autres et pour ainsi mieux les étudier, les comprendre et se préparer à leur venue.

Les prénoms sont choisis dans une liste dressée par ordre alphabétique (de A comme Amélie jusqu'à Z comme Zéphir) et qui alterne un prénom de fille avec celui d'un garçon.

Ainsi, chaque début d'année, on distribue les prénoms dans l'ordre d'arrivée des cyclones. En regardant la première lettre du prénom, on sait immédiatement situer le cyclone dans l'année. Par exemple, la Guadeloupe a été dévastée en 1989 par un cyclone nommé Hugo. Puisqu'il était le huitième cyclone de cette année-là, il commence par la lettre H qui est la huitième de l'alphabet!

— Pourquoi est-ce qu'elle pleure comme ça, Man Didi? Et qu'est-ce qu'elle regarde là-haut? demande une nouvelle fois Harisson.

— Elle pleure à cause du cyclone! T'es bête ou quoi! Allez, aide-moi à pousser la table contre la porte et va chercher un autre seau, au lieu de poser des questions inutiles.

J'ai quand même levé la tête en voyant le visage soudain décomposé de Harisson.

Un cyclone nommé Marilyn

Maintenant que tu sais tout sur le prénom des cyclones, peux-tu dire pourquoi celui de cette histoire s'appelle Marilyn ?

Cette année-là, le cyclone Marilyn est-il

a. le neuvième cyclone ?
b. le treizième cyclone ?
c. le quatorzième cyclone ?

Qu'est-ce que c'est exactement ?

Saurais-tu retrouver la bonne définition d'un cyclone parmi toutes celles qui sont proposées ici ?

1. C'est du vent qui se déplace à toute vitesse en tournant et décroche le toit des maisons.

2. C'est un gros orage qui revient de façon cyclique.

3. C'est un gros nuage menaçant, avec un seul œil.

4. C'est une tempête dévastatrice caractérisée par un vent très violent qui tourbillonne, accompagné de pluies diluviennes.

5. C'est un ouragan qui naît au-dessus des mers et provoque des raz de marée.

Au fil de la lecture

Qui est-ce ?

Voici cinq phrases se rapportant aux cinq personnages de l'histoire. Saurais-tu les relier avec les prénoms de chacun ?

1. Marilyn
2. Harisson
3. Man Didi
4. Cécilia
5. Jacques

a. est en Côte d'Ivoire, en Afrique, pour essayer de gagner de l'argent avec ses chansons.
b. arrête de faire des bêtises et s'active pour aider à consolider la maison.
c. rassemble toute son énergie et son intelligence pour se battre contre le cyclone.
d. ne parle pas mais encourage tout le monde de son doux sourire.
e. n'aime pas la vie qu'elle mène et maudit ce cyclone qui menace sa maison.

Une de ces phrases est fausse, peux-tu dire laquelle ?

Situation extrême

Si tu devais passer quelques heures terribles à proximité d'un cyclone, quelles seraient les réserves que tu ferais? Attention, quatre de ces éléments ne sont pas indispensables, trouve lesquels.

a. Du pain.
b. Des bougies.
c. Des fleurs.
d. De la morue séchée.
e. De la farine.
f. Des allumettes.
g. Un vélo.
h. De l'eau potable.
i. Un aquarium.
j. Des cassettes vidéo.
k. Des boîtes de conserve.

Cyclone : mode d'emploi

Marilyn a vraiment su s'organiser et se préparer à la venue du terrible cyclone. C'est vrai qu'elle avait déjà vécu cette situation avec son père, qui lui avait montré comment faire. Et toi, saurais-tu agir correctement dans un cas pareil ? Dans la liste des choses à faire absolument, lesquelles sont vraies, lesquelles sont fausses ?

1. Aller se réfugier sous un arbre.
2. Allumer la télévision et attendre que ça passe.
3. Poser des sacs de sable sur les tôles du toit pour qu'elles ne s'envolent pas.
4. Jeter toute la nourriture qui pourrait prendre l'eau.
5. Faire provision d'ampoules électriques.
6. Clouer des planches sur les portes et les fenêtres pour qu'elles ne soient pas arrachées.
7. Se mettre en maillot de bain pour éviter de mouiller ses vêtements.
8. Garder son calme.
9. Préparer des récipients pour évacuer l'eau boueuse.

Drôle de sensation

Au chapitre 4, le cyclone est là, qui s'acharne sur la case. Il pleut, il vente, la tempête fait rage dehors. Marilyn est envahie d'impressions : elle a le sentiment d'être :

1. Dans un avion qui a perdu une aile.
2. Sur une vieille bicyclette roulant sur un chemin caillouteux.
3. Sur un manège incroyable, avec des centaines de montagnes russes.
4. En pleine mer, sur un bateau qui coule à pic.
5. Dans un hamac inconfortable, tendu entre deux arbres et balancé par un vent violent.

Vrai ou faux?

La maman de Marilyn, Cécilia, aime regarder les séries américaines à la télé. Elle peut ainsi rêver d'une vie qu'elle n'a pas en Guadeloupe. Pourtant, au début de cette histoire, des détails très précis lui donnent son sourire « américain ». Trois de ces propositions sont vraies. Sauras-tu trouver lesquelles?

Cécilia envie les femmes américaines des séries télévisées parce que :

1. elles ont des enfants brillants à l'école.
2. leur mari leur apporte des fleurs le soir.
3. elles sont bien maquillées et bien coiffées du lever au coucher.
4. elles circulent dans des voitures puissantes.
5. elles dorment dans des draps de satin.
6. elles vivent dans de grandes maisons.

Les instruments antillais

La Guadeloupe a pendant très longtemps été une destination pour les bateaux négriers qui transportaient les esclaves d'Afrique. La danse et la musique ont conservé de nombreuses influences africaines, notamment un goût prononcé pour les percussions qui regroupent des instruments simples et entraînants. Les **maracas**, par exemple, sont fabriquées dans un fruit vidé et séché, puis rempli de graines ou de petits cailloux et que l'on secoue en suivant la mesure. On en trouve aussi bien en Afrique que sur les îles de la Guadeloupe.

Le père de Marilyn joue de bien des instruments. Saurais-tu reconnaître lesquels (il y en a trois) ?

a. Le piano
b. Le tambour-ka
c. Les maracas
d. La flûte
e. La guitare

Après la lecture

Un monde au quotidien et les mots pour le dire en créole guadeloupéen.

Les maracas
Sé chacha-la

Le tambour
Gwoka-la

La flûte
Flit-la

Le fruit à pain
Fouyapen-la

Le colibri
Foufou-la

Et maintenant, aux fourneaux !

La cuisine guadeloupéenne a hérité d'influences africaines, européennes et indiennes. Elle est réputée pour ses saveurs et ses parfums exotiques. On y mange beaucoup de poissons, dont la morue.

Voici une recette très simple d'**acras** à la morue, qui sont de petits beignets que tu peux manger en hors-d'œuvre.

Il te faut :

250 g de farine
1 verre d'eau
1 morceau de morue dessalée
du thym, de l'ail, de la ciboulette, une pincée de piment
sel et poivre

Il te faut également une grande casserole pleine d'huile ou une friteuse (demande à un adulte de t'aider, l'huile bouillante peut être très dangereuse).

Dans un grand bol, verse l'eau sur la farine petit à petit en la malaxant jusqu'à obtenir une pâte pas trop liquide (plus épaisse que la pâte à crêpe).
Émiette la chair de morue dans cette pâte (retire avant la peau et les arêtes).

Mélange le tout avec les épices.

Fais chauffer l'huile dans la casserole. Pour vérifier si elle est suffisamment chaude, laisse tomber une goutte de pâte. Si elle grésille, c'est que c'est bon !

Avec une cuillère à soupe, prends de la pâte et laisse-la tomber dans l'huile. Laisse frire 3 à 4 minutes, jusqu'à ce que les acras soient dorés. Sors-les et mets-les à égoutter sur des serviettes en papier. C'est prêt !

Bon appétit !

Solutions

Avant la lecture

Un cyclone nommé Marilyn
b. Car la lettre M est la treizième de l'alphabet !

Qu'est-ce que c'est exactement ?
4. La particularité du cyclone vient de ce qu'il réunit un vent violent et des pluies torrentielles.

Au fil de la lecture

Qui est-ce ?
1. c ; 2. b ; 3. d ; 4. e ; 5. a.
La phrase a. est fausse car Jacques se trouve au Sénégal.

Situation extrême
Les quatre éléments dont on peut se passer sont : c, g, i, j.

Cyclone : mode d'emploi
Vrai : 3, 6, 8, 9. Faux : 1, 2, 4, 5, 7.

Drôle de sensation
4.

Vrai ou faux ?
1. faux ; 2. faux ; 3. vrai ; 4. faux ; 5. vrai ; 6. vrai.

Les instruments antillais
b, d, e.

Dans la même collection

- Niveau facile
- Niveau intermédiaire

* Texte également enregistré sur cassette.